LES 4 JUMEAUX MALÉFIQUE ET LES 2 ORPHELIN

MISE EN GARDE

Chapitre 1 Tribunal pour la onzième fois

Bon maintenant les quatre jumeaux, Hugo,
 Allan, Thomas et Lucas, je vais finir par
Vous placé en centre fermé pour mineurs.
Onze familles d'accueil en trois ans,je sais
 que c'est dur mais là vous avez dépassé
 les limites (strangulation,utilisation d'armes
à feu,couteaux diverses tailles,coups de poing
 et de pied) et le dernier coup vous avez coupé
 les doigts et les jambes d'un garçon de 8 ans
.Vous rendez-vous compte, il est en mobilité
réduite à vie et en plus choquée et il lui manque
 quatre doigts et en plus vous l'avez rendu
HANDICAPÉE ! Vous croyez quoi,que je ne
 suis pas au courant de toutes vos actions?
Je sais tout de vous quatre.–Qui a tué nos
parents?Vous qui savez, allez,dites-le-nous!
Vous osez dire que vous savez tout alors la

vérité merde à la fin!–Gardien, ramène-les
en cellule tous les quatre. Merci.

Chapitre 2 Placement famille Hoedie

Bien,vous êtes tous calmés? Alors
 voilà,vous allez être placés chez la
 famille Hoedie. Ils habitent à Nantes
 et cette fois-ci,Hugo et Thomas,
vous allez être hospitalisés à la clinique
Jeannette Le Ret. Vos résultats
d'analyse sont très mauvais.Bien,
vous serez transférés dans
 moins de sept minutes.

 (Deux heures plus tard)

Bienvenue mes loulous à la maison
Hoedic.On espère avoir de belles
aventures avec vous et surtout que
 vous allez vous plaire ici.Venez,on
 va vous montrer votre chambre.Je
vous présente Alphonse et Edward
,ils vont s'occuper de vous pendant
 cette semaine. J'ai rendez-vous à la
clinique Jeannette Le Ret demain à 6h50

.DRIN DRIN DRIN DRIN

MAMAN MAMAN

LÈVE-TOI PITIÉ LEV.

NON, LÂCHE-MOI!Tiens-moi,tiens-moi! Edouard,
 je suis là,tiens-moi fort,on est là,reste
tranquille.Je suis là.Je viens de les
emmener dans le jardin. On arrive,merci

Alex.Allez Edouard,viens,on va rejoindre les
autres.Voilà,attends, je m'assois.Voilà,
assieds toi sur mes genoux.Quentin, tu
permets?Edouard, mets-toi là,je reviens
dans dix minutes.Alex,je sais ce que tu
vas dire mais on part quand même
dans quatre heures en Afrique.OK,j'ai
mon ex qui travaille à la clinique Jeannette
Le Ret au service des orphelins et puis je
t'ai promis qu'on partira alors on partira,je
tiens toujours mes promesses. Madame
Picot, oui,elle est décédée d'une crise
cardiaque. Merde,elle devait être hospitalisée
cette semaine! Voilà les papiers,son médecin
traitant est un certain Dr Palaud.Je vois
qui c'est,on est amis depuis l'enfance.On
va vous demander d'accompagner tous
les enfants de la victime à la clinique Jeannette
Le Ret par précaution. VI IIII NNNN.Alors,De Le
Ret, une minute.PAPA PAPA,HEIN. L'hôpital,allo
,on arrive,Mudoume Mudoume,hein une
urgence à la clinique. Yeux noirs numéro 1,
tiens,tu donneras cette étiquette à LK,elle
saura quoi faire.OK et vous allez à la plage
demain après-midi.

GHROUM PLOUF

,la prochaine fois qu'on sauve une clinique,fais
moi penser à former une équipe de nuit
pour toutes ces conneries d'urgence à la
con.Bienvenue dans le médical,même la
nuit.Bon alors,certes,hein mais on avait
rendez-vous. Ah OK,crise cardiaque fulgurante,
décédée sur le coup. OK,elle avait six enfants
à charge.Elle avait quel âge?La vache,29 ans,
elle était famille d'accueil et apparemment elle

a survécu à quatre cancers et à deux tumeurs
cérébrales.Bon,on va voir les enfants salle 4 et
15.Tiens, il y en a deux en salle aseptique, bizarre
.Allons voir.Stop, il est 4 heures du matin, on
risque de les réveiller et en plus on va avoir
le conseil qui va nous tomber dessus à cause
de ce décès.On avait beaucoup de cas
Covid-19 et puis on n'est pas la seule clinique
à se partager tous ces malades.Oui mais
on les soigne super rapidement.On est que
des clones, l'erreur ça peut aussi nous arriver
et puis on ne peut pas toujours avoir un bon diagnostic

. CHAPITRE 3 COMMISSION D ENQUÊTE

(Le lendemain, passage devant la commission d'enquête.)

Messieurs dames,asseyez-vous. Bien,on s'est
rassemblé ici pour le décès soudain et
inexpliqué d'une patiente qui devait se faire
opérer aujourd'hui à midi.Alors comment se
fait-il qu'elle soit décédée avant d'arriver à
l'hôpital et que ses six enfants adoptifs soient
donc gardés dans nos murs Objection, deux
enfants sont en salle aseptique contre leur
volonté. Un problème sanguin en est
l'origine.Pour les quatre autres,ils sont
en état de choc sévère,on a dû les placer
sous traitement lourd.Leur état est jugé
préoccupant,au moins trois sur les quatre
ne survivront pas à cette nuit.La commission
décide d'interdit au Dr Le Ret d'approcher
les enfants de la victime décédée jusqu'à
nouvel ordre.Fin de réunion.

Chapitre 4 Les p'tits diables

Il faut qu'on soigne les trois patients
.Bingo,nos trois p'tits diables ont aussi le
pouvoir guérir. Je les. Pas ici,on est
surveillés par les caméras,dehors on
sera plus tranquilles pour discuter et à
l'abri des regards indiscrets.Allons ici c'est
Bon,on est au au milieu du parc.–T'aurais
pas pu trouver plus simple?– Maintenant

(GHROUM)

Maman,viens là,toi.Les gars,on a besoin
de vous pour guérir trois enfants mal en point
mais cette fois on ne pourra pas vous aider
,il va falloir vous débrouiller tout seuls.Stop,
vous aurez vos friandise après le boulot
Miam miam Allez,au travail et pas de bêtise.
Dis donc,tu es encore puni p'tit diable numéro 2,
c'est la septième fois en cinq semaines.Je vais
finir par aller en classe avec toi! Allez,au taf,dépêche-toi!

(Onze minutes plus tard, arrivée en salle aseptique)

HIM HIM HIM HIM HIM HIM HIM HIM HIM HIM.

Voilà Dr Palaud,merci les trois p'tits diables
mais vous ne devriez pas être à l'école?
Si mais Maman et Papa nous ont appelé.
Ils ont encore fait une bêtise et ils sont punis.
Bravo Papa Maman, allez,filez et pas de
bêtise dans la salle de bain.

Chapitre 5 Le juge contre l'équipe Le Ret

Bonjour messieurs,je suis le juge
responsable des six enfants qui sont
dans votre établissement depuis deux
semaines.J'aimerais savoir d'abord
s'ils vont bien et voici les papiers pour
qu'ils soient tous placés.–Stop,ça déclare
que tous les enfants seraient séparés
des autres.– Oui,on manque de personnel
et d'établissement d'accueil.–On peut avoir
un délai supplémentaire?– Non,ils seront
placés demain matin à partir de 7 heures
montre en main,au revoir messieurs. On
va avoir besoin d'aide les p'tits diables
,ça va nous coûter cher,on est de nuits
cinq fois.Et merde,les yeux noirs et les
p'tits diables ne vont pas nous voir beaucoup.
Oui,c'est la merde,ils vont encore nous le
faire payer. Hum LK,eh bonne idée

(GHROUM).

Vous avez besoin de moi?– Oui,
on envoie les yeux noirs et les p'tits
Diables en vacances chez les Palaud.
On est de nuit et on a besoin de toi en
urgence.–OK je dois faire quoi?–Nous surveiller.
C'est une blague? C'est pas drôle,mon
Dieu,vous avez une idée derrière la tête,
je vois.Non je m'en occupe. Voilà c'est
envoyé,je lui ai tout dit,c'est envoyé
aussi à son petit frère,comme ça on ne
se fera pas engueuler comme quoi on
ne leur a pas envoyé de justificatif à tous
les deux cette fois ci.Petit diable numéro 2
,vient ici.Oui,tu vas te téléporter d'abord à la
maison récupérer les trois yeux noirs et

téléporte toute la compagnie
chez les Palaud.Ils sont au courant

(GHROUM)

.Nos deux autres petits diables,vous récupérez
les six enfants,téléportez-les discrètement
chez les Palaud ils sont au courant

.GHROUM.

Parfait,plus ils deviennent grands,plus
je me sens vieux.Mon Dieu,les années
passent trop vite.–Oui tu as raison, j'ai le
 même ressenti à propos de nous trois.
On prend du poids. Bon,allons-y.
Stop,je vous accompagne puisque je
dois vous surveiller.

Chapitre 6 Arrivée chez les Palaud–

 Alors il GROUM ouh là les yeux noirs,allez
 sur le canapé et p'tit diable numéro 2
vient là.HUM oui je vais te changer.Dialecte
1 et 2 et les numéro 9,je vous laisse les mettre
en tenue de soirée.Oui père.–Non,Dialecte 2
 va préparer les changes pour les trois jours
 dans la chambre des p'tits diables.–
 OK excellente idée.–Merci.– Allez P'tit
 diable numéro 2, PLOUF,allez,ouvrés la
 bouches voilà elles sont dégueulasse
mais o moin vous avez pas posé problème
 pour les prendre n'ont pas besoin d'être
 aidés mais quand ils sont en manque de
sommeil ils sont infects.

(Trois minutes plus tard)

Allez p'tit diable numéro 2, c'est très bien
,tu e tout propre.Ce soir pas de couche
Eh oui,tu viens avec nous en soirée.–
Papa,j'ai fini d'habiller les trois
jeunes yeux noirs.– Parfait,tu peux les
emmener dans la salle de restauration.

GHROUM

GHROUM

ouh Là,ça m'a fait mal.

HIM HIM HIM HIM HIM

Voilà alors les gars on est arrivés.–
On est où,putain? Ils nous ont emmenés où?–
Stop, calme-toi, tu es en sécurité.Je
m'appelle Bastien et voilà mon grand
frère Sébastien Palaud.On est les
propriétaires de cet établissement
.Tu n'as rien à craindre,ni toi ni tes
frères.On sait qui vous êtes,on a tous
vos dossiers,donc tu restes calme et
tout ira bien.D'abord on va vous aider
à changer de vêtements,ce soir il y a
un anniversaire.– OK mais avant
on aimerait savoir pour quel motif on
On a été téléporté.–Vous devez êtres séparés
et partir chacun dans une famille d'accueil I
donc on vous a transférés ici pour éviter que
vous soyez séparés.Bon,les p'tits diables
numéro 1 et numéro 3,venez avec moi.
Numéro 9.2 et 9.3,venez.– Oui père.–Voilà
les nouveaux vêtements,je vous laisse
préparer nos invités pour l'anniversaire de ce soir.

Numéro 9.4,viens prendre les vêtements
 sales et amène des bassines s'il te plaît
Oui tonton.

Chapitre 7 Incendie dans l'auberge + six blessés graves

(Vingt-quatre heures plus tard)

DRING DRING DRING DRING,

 allez, tout le monde dehors,vite,allez allez,

PIM POM PIM POM PIM Écartez-vous. C'EST DANGEREUX
ÉCARTEZ-VOUS BON SANG. Putain,non,mon auberge,je venais juste
 de finir les peintures.(SEB)Je ne sais pas ce
 qui s'est passé,l'incendie s'est déclaré au grenier et

BOUM BOUM BOUM BOUM GHROUM.

 Tous le NON ça ne va pas LK regarde donc

 GHROUM GROUH HUM HUM HUM HUM AAAAAAH.
 TU M'ÉTOUFFES.PARDON EXCUSE-NOUS,
on vient de sortir six enfants des décombres,ils
 sont dans le coma et gravement brûlés au septième
 et dixième degré d'après le médecin.Ils ont très
peu de chance de s'en sortir.Voilà les pendentifs qu'ils..

.NOOOOOOOOOOOOOOOOOOON

où sont-ils, envoyés à la clinique
Jeannette Le Ret à Pontivy.Mais on est les
 gérants, on a aussi un service des grands
 brûlés.Dis quelque chose Mudoume,
 Ce sont nos six enfants,ils sont tous dans cet état!
Aidez-moi,allez-y. OK on se retrouve là-bas.

Chapitre 8 Décision ATTENTION

ÉCARTEZ-VOUS, mon Dieu,envoyez
-les dans les chambres stériles et faites
 attention.Non,pas de perfusion,on risque
de les tuer d'une simple coupure ou perfusion.
 Il y a six patients,tous dans le coma artificiel
 par obligation,très peu de chance de s'en sortir
r pour au moins cinq d'entre eux.

GROUHM

 GROUHM

GROUHM

GROUHM

GROUHM

hein mais que WOUHA oh putain.Hein
,Dr Couturier et Dr Moules, c'est moi qui
les ai téléportés, on ne pourra pas à
trois soigner toutes ces blessures graves.
On est cinq,on devrait pouvoir en guérir
 cinq assez rapidement. Les trois,super,
19 ans, vous arrêtez toutes les hémorragies
.Seb et moi, on s'occupe du reste. Il n'y a
 pas à discuter, Mudoume et moi,on
 peut avaler des cadavres humains pour
se régénérer contrairement à vous donc
nos pouvoirs de guérison sont beaucoup
 plus efficaces que les vôtres. Allez,allons
-y pour les p'tits diables,pas la peine de
 soigner les brûlures, n'arrêtez que les
 hémorragies, eux aussi ont la capacité de
manger des cadavres humains.OK bonne chance.

Chapitre 9 Course dans la prison de Rennes

GROUHM

GROUHM

PUTAIN dé BROUM BROUM NON pas celui-là
Sébastien Le Ret, on en aura besoin pour les 3
p'tits diables.–Les gars, on vient de finir les trois
p'tits diables mais leurs hémorragies n'arrêtent pas
de se déclencher quand ils sont en position assise
. On les a mis dans la même pièce.Mes loulous
bon appétit.– Ahhhhhhhhhhh ghroum ghoum
ghoum bon dans trois quarts d'heure on aura
une réponse positive.– Ouh Papa Maman, ouh
là HUM trois secondes voilà le
dessert AHHHHHHHHHHHHHHHHHHHHHHHHHH
GROUM GROUM.– Alors voilà,là c'est mieux
La vache,on dirait qu'ils peuvent maintenant
nous aider à soigner les trois yeux noirs.– Les
gars,oui, on sort, ils vont devoir travailler. OK
mais tu veux leur servir de dessert?–NON on y va.–
À tout à l'heure mes loulous.

Chapitre 10 Guérison totale

(Trois jours plus tard) – Bravo mes loulous,on
est très fiers de vous trois mais on a encore
un boulot à faire.Hein diable numéro 2,toi et
moi avons un super rendez-vous avec deux
connards dont un que tu as envie d'enculer
avec ton super sexe.Ne t'en fais pas,
Sébastien Palaud aura enfin l'occasion
inespérée d'enculer un de mes mômes
adoptés, depuis le temps qu'ils osent dire
que je suis trop gentil avec les p'tit diables

et les yeux noirs.– Mais père,on ne connaît
pas l'origine.–Si regarde,tu vois,chaque p'tit
diable à ce qu'on appelle un œil au beurre
salé.Quand ils dorment,l'œil au beurre salé
enregistre tout ce qui se passe autour d'eux.
Quand ils dorment tout dans le cas de p'tit
 diable numéro 2, il a été assommé et œil au
 beurre salé a tout enregistré et qui voilà,Hugo
et Allan,les p'tits cons.Alors voilà comment ils
ont déclenché l'incendie .Je te rappelle que
 les deux connards dont tu parles sont nos
 gosses, ceux qu'on vient d'adopter et
connaissant bien Bastien et Sébastien Palaud,
ceux qui vont se prendre des coups de
sexe dans l'anus c'est nous deux étant donné
 que c'est nous deux les parents des deux
 connards en question.Alors je propose qu'on
restaure leur auberge à nos frais vu que les
deux connards d'incendiaires sont nos gosses.
Qu'en penses-tu?–Excellente idée grand-frère
mais après la rénovation,les Palaud pourront
se faire plaisir INTIMEMENT

Chapitre 11 Travaux à l'auberge Palaud

 Bon les p'tits diables, allez aider les
Palaud à enlever tout ce qui est en bois,
on a préparé 'incinérateur.WOUAH on
peut mettre jusqu'à sept mille kilos de bois
Allez,foncez au taf.

GHROUM

GHROUM

p'tit diable numéro 2, toi tu restes avec
Moi,j'ai un boulot plus difficile pour toi,

tu vas bien t'amuser.Allez,viens. Les yeux
noirs,vous allez préparer les couches et
les changes pour les p'tit diables et pour
vous aussi,soit un total de quatre-vingts
couches et change. Allez au travail Sébastien
Le Ret vous attend pour que ce soir on
puisse enfin passer à autre chose, ça fait
quarante-huit heures qu'on est là.Allez rentre
p'tit diable numéro 2,à quatre pattes,soulève
ta chemise de nuit.Eh oui tu as encore
fait pipi au lit, ne dis pas que ce sont tes
deux frères,ils dorment sur LK et Sébastien Le Ret.

PAF PAF PAF PAF PAF PAF PAF PAF

Voila tu restes cul-nu toute la journée J'espère
que c'est bien clair, maintenant tu sais ce qui
t'attend.C'est la dernière fois que je te donne
la fessée en privée ,la prochaine fois ce sera
devant tout le monde,t'as compris? Oui Papa.
Allez,la chemise de nuit au lavage et tu restes
cul nu jusqu'à 19 heures,c'est clair? Oui Papa.
Parfait,tu restes là, je vais mettre les draps à
tourner, ensuite direction le PC pour les factures
et les dossiers à ranger.Non,tu seras assis sur
mes genoux jusqu'à 19 heures,interdiction de
bouger de mes genoux.

Chapitre 12 Plage du Fozo et consultation à la clinique Jeannette Le
Ret

Allez les bosseux,collez à nous les adultes.
Voilà,près,on y va.

GHROUM.

Voilà,allez, tous à l'eau et pas de

comédie,on vous laisse dix heures de repos.Je
vais chercher les trois autres,je ne sais pas
À quelle heure je reviens.À tout à l'heure
Sébastien Le Ret, bonne chance.– Merci Mudoume Le Ret,

ghroum.

Bonjour messieurs dames,patient numéro 1.
Oui.Entrez bien,c'est quoi qui vous amène?
Voilà,mon fils a été mutilé par des voyous
et aujourd'hui il ne touche aucune allocation
handicapé et on n'arrête pas de nous dire
que son dossier ne passe pas.Je suis en
manque de solution,docteur. –Du calme
,vas-y,assieds-toi mon chou.Ouh là,les
doigts,hum, ça c'est possible de les
refabriquer ou d'en...–Non, les autres médecins
ont précisé que les trois heures étaient
dépassées.–Je vois.–Mais ce n'est pas
la raison de notre venue aujourd'hui. Les
voyous lui ont coupé également ses
JAMBES impossible de lui mettre des prothése.–
Aïe,ça par contre,je pense pouvoir faire
quelque chose.Là je crois que mes compétences
seraient utiles.Voici le formulaire à remplir
pour les examens approfondis.On peut
essayer une solution,je ne vous garantis
pas que ça fonctionnera mais ça ne coûte
pas grand-chose d'essayer.La Sécurité sociale
prend WOUHA vingt pourcent des 27555 euros
mais je vais vous faire une offre de paiement
en quatre fois sans frais par PayPal.Bien sûr
en ami cela ne vous rajoute que 50 euros de
frais de sécurité en cas de problème,c'est bien
mieux pour vous comme pour moi.Je vous
laisse vingt-quatre heures, à plus tard mon chou.
Allez,numéro 2,oui alors c'est quoi qui vous

amène?– Voilà je problème,ouh dis donc mon
gars,tu ne fais pas dans la dentelle. Je suis à
la recherche mon frère jumeau,il a la même
 marque de naissance.Je sais que c'est un
 faible indice.–Hum,je ne peux rien pour vous.–
Si,j'ai besoin d'un certificat pour une prise de
sang.–Pas de problème, je vous envoie vers
 Mon confrère qui bosse dans l'autre unité
,c'est lui qui s'occupe des prises de sang.Voilà
 l'étiquette à donner pour la prise de sang.

Chapitre 13 Les quatre jumeaux

GHROUM.

Alors les quatre jumeaux,prêts pour
 La semaine prochaine?Vous avez
 beaucoup de chance d'aller à la plage
pour trois jours entiers sur tout
 Hugo et Allan.Et Thomas et Lucas,
vous allez dans l'équipe de fusion et
 samouraïs,il paraît qu'ils sont assez
particuliers mais très sympas.Je ne
les ai vus que trois fois,ils sont
 bosseurs,au moins vous n'allez
 pas vous ennuyer. Sébastien Le Ret
 sur mon chantier, eh oui les choses
changent, je n'avais plus que trois
 dossiers,je viens passer le balai
 et l'aspirateur.Désormais OK,tu
connais la maison. Je peux te parler
en privée de choses.INTIME,rien ne
vous concernant les quatre fantastiques.
Ils semblent ne pas se rendre
 compte de quoi que ce soit.On
 va arriver à sanctionner les
 quatre sans violence.Mais

comment se fait-il que les équipes
 de fusion et samouraïs seraient-elles
concernées? Bonne question
mais il me semble que les frères
de fusées sont gays. Je ne suis sûr que
sur eux deux, les autres j'ai entendu
 parler d'eux mais rien de sérieux.

Chapitre 14 Équipe fusion de la mort et équipe samouraïs

Bonsoir la compagnie !Ouh là,je présume
 que ce sont dit-on fusion.Tu n'as pas oublié
 un OUF pas oui les cadeaux et les cartes
postales que t'as jamais envoyées malgré
 mes relances? Arrêtez de vous disputer
Procal,as-tu L'album photo?–Le voici, tenez
 les grands,numéro 4 et grand numéro 8.
 Ouh là,des nouvelles équipes.– Stop,je te
 présente Thomas et Lucas,ils partent avec
 vous.–Ça tombe bien,on était juste venus
 vous apporter l'album mais là il faut qu'on
 reparte,les autres n'aiment pas attendre
 ,ils sont pressés d'être en Normandie.
Toujours à courir!–,on a rencontré Flammèche
sur la route, un jeune homme très musclé, il
 a un bracelet qui lui permet de maintenir un
 incendie pendant deux minutes.Pratique,
comme on se déplace sans arrêt,au moins il
 Il n'y a pas besoin de briquet. – Je te présente
 l'équipe Le Ret composée par les trois grands
 chefs, LK, Mudoume Le Ret et Sébastien Le Ret,
 ainsi que leurs enfants.Les trois yeux noirs,
les trois p'tits diables,les quatre jumeaux,Hugo
Allan, Thomas et Lucas et les deux autres jumeaux,
 Edward et Alphonse.

GHROUM

GROUHM

GHROUM.

Parfait,alors laisse-moi présente mes
compagnons de route.Équipe Le Ret,on
vous présente Petit Moine,Bras De Fer,
Anubis,Aprocal,Procal et Fusion de la
Mort.Que des hommes.–
HUM, très appétissant.Vous arrêtez les excités sexuels

Chapitre 15 Départ de l'équipe Fusion et de l'équipe Samouraïs

Les enfants sauf les trois p'tits diables,
vous restez sur vos chaises. Allez,au lit et
pas de bêtise. Attention les deux jumeaux
maléfiques, ce soir vous dormez dans
notre lit comme ça on pourra mieux vous
surveiller,les bêtises La nuit vous êtes
assez forts. Bon les jumeaux,nous on y va
,dites bien au revoir. À plus les amis,on vous
renverra vos jumeaux par téléportation.–Aurevoir,

GROUHM

GROUHM.

OUF.– Bon,vous laissez la vaisselle sur
À table,on fera la vaisselle demain Matin.–
OK.–Allez les trois p'tits diables,on vous
autorise à nous téléporter au mobil home
mais vous ń'échapperez pas à votre lavement anal

GHROUM.

Bien,sur la terrasse,remarquez,

il fait bon ce soir.Allez,

Chapitre 16 Plage du Fozo

Allez les gars,collez-vous à nous trois
.LES JUMEAUX Dialecte,vous être en
arrêt jusqu'à demain matin donc pas de
 comédie ou crise de colère.Aujourd'hui,on
 va tous à la plage jusqu'à 19 heures.Dialecte,
tu seras téléportée à 20h30,Sébastien et Bastien
 Palaud sont d'accord. De toute façon,tu n'a
s pas ton mot à dire.ALLEZ

,GHROUM,

vous voilà arrivés messieurs. Bon,je
vous laisse,j'ai des consultations qui
 m'attendent,à plus.Allez là les gars,cul
 nu et à l'eau! les jumeaux Dialecte,il
 faut qu'on parle.Ne t'inquiète pas,tu ne
 vas pas recevoir de raclées ou de
 suppositoire. Écoute,je sais
 que pour toi en ce moment

HUM HUM HUM HUM

.Allez,viens dans mes bras.Bon,on sait
que tu as eu des relations intimes avec
 un des yeux noirs ou un des p'tits diables
. Le virus que tu as attrapé est issu de cette
relation. Rien à foutre, tu es libre de faire ce
que tu veux. On sait que les yeux noirs
et les 3 p'tits diables sont assez insistants.
 HUM HUM.Écoute,demain,tu vas être dans
 l'équipe de grand numéro 8 et grand numéro 4.
Sébastien et Bastien Palaud pensent que
 tu es en arrêt médical et hospitalisée

donc tu ne risques rien. OK

HUM HUM HUM HUM,

ils sont devenus tellement violents
,regarde mon dos, voilà ce que je
subis quand ils sont super en colère et
 ça peu importe le motif. Les quatre numéro 9
sont devenus hyper violents,ils se balancent
tout à la tête,y compris mes affaires d'étudiant.
Je n'ai plus rien à moi qui soit en bon état.
L'auberge et l'hôtel,depuis l'incendie,
 ne sont pas forcément remplis et l'assurance

HUM HUM HUM HUM

n'a remboursé que huit pourcent

 HUM HUM.

Ils ont dit de ne pas en parler sous
 prétexte qu'ils vont trouver une
solution, en attendant c'est moi
qui craque de cette situation
Et mon frère jumeaux ne se laisse
 par faires c'est lui qui a cassé
 tous les vitres du rez-de-chaussée

Chapitre 17 Interrogatoire des Palaud

GHROUM,

il se passe quoi? Stop les Palaud,on
vous a téléportés.Sébastien, viens avec
moi dans la salle à côté,merci.Bastien,
prends place,bien,on vous a téléportés
 pour vous donner des nouvelles des

jumeaux Dialecte.leurs L'état de santé
est jugé préoccupant. leurs système immunitaire
a lâché cette nuit et BAM BAM MERDE.
Mais il lui AH BAH STOP les Palaud mais
 que vous arrive-t-il AAAAAAHHHHHH PAF
n'approche pas de ma mère bande de salauds

PAF PAF PAF BOUM.

Pas de chance, on
est deux contre deux alors
 laissez les téléspectateurs tranquilles.

PLOUF PLOUF PLOUF PLOUF PLOUF PLOUF

eh ben mon grand,c'est tout ce que tu as
 dans le ventre! MAMAN viens m'aider je
 ne peux pas soigner les deux à la fois
.Ah, quel mal de tête,PAPA aide maman, pitié MERDE
him him him him WOUHA quel mal de tête.
Pas le temps de vous plaindre, les p'tits diables
 numéros 1 et 3, on besoin de nous

(NON)

p'tit diable numéro 2,toi reste en arrière
de tes deux frères. MERDE

HOP HOP HOP HOP

c'est bon on en a eu 1,wouha
il est énorme celui-là aussi mais
on peut les retirer. LK,transforme-
toi,tu vas devoir occuper les p'tits diables
1 et 3. GÉNIAL je me tape les plus dangereux en plus

HAAAAAAAAAAAAAAAAAAAAA

YA PAF PAF PAF PAF PAF PIF.

Reprenez le contrôle mes frères, je
ne peux me battre contre vous
,vous êtes trop forts pour moi

AAAAAAAAAAA

AAAAAAAAAAAAA

hum hum mais que nous est-il
Arrivé bon sang? Vous avez
simplement perdu le contrôle mais
maintenant il faut aider vos parents,
et deux en une seule intervention.Voilà,
congélateur ouvert, entrez là-dedans,
saloperies.BON les Palaud vont se réveiller
dans quatorze heures,le temps que leur
système immunitaire retrouve ses marques.

10 ANS PLUS TARD

CHAPITRE 18 POLICE

OUF JE suis enfin arrivé en classe
mérde prof absent en ce moment
c'est la folis ils passe plus de temps
en arrêt que au taf ils sont vraiment
payés à rester chez eux dommage que
je ne sois pas devenu professeur à
14 ans il faut vraiment que je trouve
1 moyen d'arrêter l'école et que je
devienne professeur n'importe qu'elle
posté serait 1 plus et en plus je
pourrais enfin fondé 1 famille et
quitté cette foutu région parisienne

où ils ya que des trafiquant et des
emmerdeur de JÉHOVAH enfin bref
ça devient super compliqué de rester
ici ils faut dire que les prix de l'immobilier
en bretagne et sur tout le territoire de
france ils faut gagner toujour plus vivement
que les prix baissé en tous cas ces
emmerdeur de l'état le jours ou ils vont
être bloqué les prix définitivement.

CHAPITRE 19 GRÈVE DES PROFESSEUR

yPOLICE.HUGO.ALEXIE.NATHAN et ANTHONY
vous aller pas à l'école toutes la semaines ils
sont tous en grèves dont vous partez en
formation à SÉNÉ il sont en manque de
personnelle pour les rangement et trie de
papiers en tous cas il sont bien en galères
vous partez pour 5 semaines de
formation dont je vous laisse préparé
vaux valise vous partez dans moin de
35 minutes pas contre vous partez avec
le mini-bus électriques je ne sais pas à
quelle heures vous arrivée

9 heures plus tard

BONsoire je vous accompagné à vaux
chambres en tout cas 1 bonne nouvelles
il y a pas d'escalier sa monté et voila
vaux studio HUM ça sent bon la peintures fraîches

LENDEMAIN

WOUAH on na tous sa a trié en tous cas
ils ya pas mal de dossiers

CHAPITRE 20 RENCONTRE AVEC L'ÉQUIPE RAPIDO

HELLO les 5 beau-gosses en tous cas vous
 avez super bien avancé ils ne reste que 5
dossiers à trier. MAIS qui êtes vous tous les 5
 ON et l'équipe RAPIDO nos parents son en
 seine-et-marne ils sont partie faires des
 remplacement ils reviennent le mois prochain
 En tout, on a hâte qu'ils rentrent. OK donc
vous former tous les 5 l'équipe RAPIDO mais
dis-moi ALEXIE arrête avec tes question on est là pour le boulot.

GHROUM

WOUHA ravie de te revoir p'tit diable
numéro 2 ETIQUETTE vert parfait
c'est 1 excellent nouvelles

GHROUM

Mais il et passée ou.IL vien de retourné
en région parisienne pas téléportation
.IMPOSSIBLE ça hésite pas et puis de
 toutes façon si c'était possible ça pourrait
 être très utile pour les service prioritaires
 et puis que font vos parents

GHROUM OUF MAMAN et PAPA font pas être conten

.STOP p'tit diable numéro 2 équipe RAPIDO changement
 de programme vous partez à BREST vouS
Je suis allée travailler avec avec les parents
 je dois gardé p'tit diables numéro 2 ici PAS DE
 téléportation p'tit diable numéro 2 GROUHM
Allée dans mes bras p'tit diable numéro 2 HUM
 direction la douche et pas de comédie

. CHAPITRE 21 RETOUR À L' AUBERGE

GHROUM HEIN mais on est revenu à l'auberge
 BONJOUR les 5 allor comment c'est
passée votre journée de travaille il ya u
 1 changement de programme ça arrive
 assez régulièrement en tous cas super
boulot tous les dossiers en triples et
quadruples exemplaires mercie d'avoire
fait du tri au moin on va pouvoir passer à
 autre chose je vous accompagne à vaux
 studio suivez moi je vous pris 1 MINUTES
 qui nous prouve qu'on va pas être renvoyés
en région parisienne HA HA HA Pas
 ce mois-ci normalement.

2 semaines plus tard

 BONNE nouvelles les 5 vous avez
 bientôt fini votre mois de remplacement
dont vous serez renvoyés en région parisien
 dans 72 h ATTENDE on souhaiterait
rester plus longtemps si possible 4 mois
d'affilés ils ya encore des restriction
 au niveaux des horaires et en plus il
 y a le couvre-feu allée dit oui.ON et
 pas les grand-patron voilà le formulaire
 si vous voulez rester on vous laisse
 les remplies mais on et pas sur que ça passe.

CHAPITRE 22 RÉUNION AVEC LES GRAND PATRON

 BON alor comment sa c'est passée
 avec les 5 DÉTACHEUR de la région
 parisienne edward et alphonse.SUPER
 bien ils sont rempli ces formulaires pour
 rester plus longtemps et éviter de subir

les couvre-feu a 18h ce qui ce passe
 en région parisienne.Aucun problème ils
 manque des bras à SÉNÉ et à l'hôte
l PALAUD les équipes.

ANGE NOIR

ENCRENOIR

LES 6 DIABLOTIN

 LES 4 JUMEAUX MALÉFIQUE

 LES BEAU GOSSES

 LES 3 P' TIT ANGE

et l'équipe LES 5 RAPIDO

 sont mobilisés dans les auberges

ANGEVIN PALAUD

et les JUMEAUX BOSSEUX

 les équipe ANGEVIN

et JUMEAUX BOSSEUX

Vous êtes en vacances pour 8 jours

. BONNE VACANCE BONJOUR
les 5 détachés allor votre demande et
 validé pas contre vous s'être envoyés
à brest pour des remplacement et des
 nuit de remplacement vous bossé que

4 heures pas jours dont uniquement le
Martin afin de respecter la loi.

CHAPITRE 23 arrivée à brest

GHROUM voilà vaux calendrier
les 5 détarches.JE vous laisse avec
les infirmières et infirmiers a tous ta l'heure

GHROUM

29 HEURES plus tard

Alor les 5 détachés comme ces passée
ces 5 semaines de formation et oui
vous vous êtes super bien fatigué allée
direction. LA presqu'il de quiberon et oui
le taf et loin d'être fini mais rassuré-vous
les équipes 5 RAPIDO

ENCRENOIR

et ANGE NOIR

seront avez vous donc pas de
conflit et de probléme avec ces équipes
qui ont fait 398 heures cumulés sur 9
mois d'affilés et oui eu aussie font
médecine mais ils n'ont pas le pouvoir
de régénération et dont ne peuvent pas
soigner les parties que nous prénom en
charges voilà pourquoi ils sont des
horaires de fous malades et qu'ils sont
super épuisé allée

GHROUM OUF on va pouvoir s'occuper
des partis niveaux supérieur heureusement que

l'équipe FORMULE 1 et venu ce matin
pour faire le grand ménage.

CHAPITRE 24 ARRIVÉE À SAINT-PIERRE-QUIBERON

GHROUM WOUHA

 mais on et sur 1 plage.OUI
on appelle ça des vacance imposée et puis
 ça fait du bien d'être en vacance forcé
et puis ça fait du bien de larche prise et
 profitez zen avant que p'tit diable
 numéro 2 arrive il est insupportable
 sur tous quand on le surveille pas et
en plus il possède lui aussie le pouvoir
 de ce téléporté dont il est pénible.
MERCIE mais vous s'étre la qu'elle
équipe ANGE NOIR ceux qui vont dans
 l'eau c'est l'équipe ENCRENOIR et
 ceux qui font bronzette c'est l'équipe
LES 5 RAPIDOS. OK et comment ce
fait t ils que vous travailliez tous dans
 le domaine médical. On et la que pour
 les remplacements on travaille plus
 souvent dans les auberge PALAUD
 ANGEVIN et l'auberge des 2 JUMEAUX BOSSEUX.
 D'accord mais vaux parents comme ce
 fait il que ce soir 2 hommes 1 que vous
appelez père et l'autre maman.NON on na
 1 mère, 1 père et 1 tonton seuil p'tit
 diable numéro 2 et sévèrement dyslexie
dont il appelle souvent tonton maman c'est tout.

CHAPITRE 25 ARRIVÉE DE P' TIT DIABLE NUMERO 2

GHROUM

CHUT CHUT Allée dans mes bras pas contre
dodo pas de comédie hein

2 heures plus tard

ALLEZ debout la dedans allées
allo p'tit diable numéro 2 comment
sa va alor sa fait quoi d'être enfin en
vacance avec nous sur tous que tu
reste 4 jours hein et en plus c'est
ton anniversaire demain Allée
direction la douche p'tit diable numéro 2
les 5 détachés vous vouliez savoir
à quoi servait la piscine dans la cuisine
venez on va vous montrer.ALLÉE
p'tit diable direction la piscine on te
laisse goûté l'eau on vient de rejoindre
dans moin de 5 minutes.ATTENTE vous
utilisé 1 piscine pour vous lavés.OUI il
y a 8 filtres et 2 bombes solaire et puis
au moin ils ya pas de jaloux et en plus
personnes fait des comédie.TOUTES
les équipes qui compose l'équipe LE RET
On a été éduqué comme ça et comme ça
il n' y a jamais d'urgence et en plus il y en
a au moins 1 qui passe beaucoup plus
de temps dans la piscine et comme ça il
se fatigue assez pour faire des nuits complètes.

CHAPITRE 26 examen intimes devant les 5 détachés

MAMAN MAMAN allée AVALES les bonne
vitamines AMÈRE on n'a compris respire

PLUFFFFFF PLUFFFFF PLUFFFFF

MERDE ces quoi ces saloperie hein

. C est rien ce sont des laves il produit
pleins de laves noirs et grâces à ces
 laves noirs qu'on utilise soit pour
 fabriquer des produits de soins au
 performance ou des clones de dentition
on utilise beaucoup ce jour de laves ont
 fabriqué pleins de produit à base justement
 de ces laves il doit être PASSÉE cette
examen assez régulièrement ou il fait des
crise violente.ALPHONSE et ce que ces
 laves sont dangereux pour les être humains ?
 vous s'être tous les 5 des être humain nous
ça fait longtemps qu'on et transformé
 en extra terrestre

BLUM BLUM BLUM BLUM BLUM

ILS sont pas très solide en tous cas
lorsqu'on leurs dit la vérité.VOILA
p'tit diable numéro 2 examen terminée
3 glacières pleines et bonne nouvelles
les laves sont parfait aucun a 1 déformation
allée dans mes bras on finit de déjeuner e
t tu va a la sieste il faut que tu sois en
 forme pour la plage cet après-midi.

CHAPITRE 27 LES 3 P' TIT DIABLE PASSAGE À LA CASSEROLS

GHROUM

ALLEE p'tit diAble numéro 1.2 et 3 vous choisissez
qu'elle équipes vous avec le choix

ENCRENOIR

les 5 détache

ANGEVIN

JUMEAUX BOSSEUX .

ou LES 4 JUMEAUX MALÉFIQUE

ALLEE ci c'est bien pour 1 fois que vous
allée dans l'équipes LES 4 JUMEAUX MALLÉFISK

AYYYYYYYYY AYYYYYYYYY AYYYYYYY

Voila cette après-midi ils font pouvoir aller
à la plage.MAIS que leurs est il
arrivé.RIEN ils sont u des suppositoires
et cette après-midi ils font a la plage à
13h15 et il ne vont pas faires la sieste

.LES équipes ENCRENOIR

les 5 détache

ANGEVIN vous s'étre cette après-midi
a la plage pour les surveiller et à 15h
l'équipe JUMEAUX BOSSEUX vous rejoin
s avec l'équipes LES 4 JUMEAUX MALÉFIQUE
il est 11h30 je vous laisse vous préparer

CHAPITRE 28 départ des 5 détachés

OUF ils sont tous les 5 partie OUI mais
o moin ils étais très efficace et super
bosseux dommage qu'ils soit partie mais
bon je pense que c'est le fait qu'on soit
super proche de p'tit diable numéro 2 sur
tous pour ces examen en tous cas ils
était très bien aU niveaux boulot rien a

redire STOP les grand ENCENOIR et
ANGE NOIR les 5 détarche revienne
Lundi ils étaient attendus pour 1 contrôle
d'où le fait qu'ils ont dû repartir on se
fera 1 plaisir de vous les remettre dans
les pattes pas contre resté calme entre
vous ont a besoin que vous êtes restée
professionnelle. et simple a gérés vous
avez encore 3 semaines de vacance et
ont a réaménagé vaux postes on va
installés les 5 détaché dans l'hôtel PALAUD
en renfort et afin que les dossiers
soit plus rapide a trié et a évacué et
puis on na besoin de vaux équipes
sur les auberges principales.

CHAPITRE 29 mise à niveau

GHROUM bonjour équipes

5 RAPIDO

ENCRENOIR

et ANGE NOIR

voilà vaux nouveaux calendrier bien
entendu on na changé tous veaux
postes et vaux emplois de temps dont les équipes

ENCRENOIR et ANGE NOIR

vous ne serez que d'aprés-midi à
partir de maintenant les 5 RAPIDOS vous s'etre de nuit
de 17h à 2h00 du martien et vous s'étre relève
pas l'équipes les 4 jumeaux maléfiques les équipe

LES BEAU GOSSES et LES 6 DIABLOTIN

s'occupe des auberges des PALAUD ANGEVIN
JUMEAUX BOSSEUX les équipes ANGEVIN
et JUMEAUX BOSSEUX reste dans les
auberges ils prenez leurs boulot au sérieux
dont aucun perde ou problème financiers
a déclaré on compte sur vous et pour
p'tit diable numéro 2 il devient chirurgien
comme moi et MUDOUME comme ça il pourra vous
aider à évacuer des parties vers d'autres hôpitaux.

CHAPITRE 30 retour des 5 détachés

HELLO les équipes ENCRENOIR et ANGE NOIR
alor comment allez vous on est revenu pour
14 semaines de stages sauf si vous ne
souhaités pas nous gardé.CI mais nos
calendrier on été réaménagé afin qu'on
ne force pas trop d'heures et nos 2
équipes ont décidé de quitter le monde
médicals on et super bien rémunéré maison
n'en peu plus des cadences nos parents
on acceptez nos décision et comme ils
manques des équipes pour les remplacement
on garder nos poste jusqu'à qu'ont forme
1 équipes pour nous remplacer pas vous
1 vous s'étre mineurs et de 2 vous n'être
pas modifié génétiquement donc impossible
que vous tiendrez les cadence et en plus ce
né pas 1 boulot pour des mineurs comme
vous aucune vie séxuelles pas de congés
et des horaires coupé dont l'enfer sur terre
.OK mais pourquoi vous n'avez pas Arrêté
avant notre arrivée? AVANT on travaille
dans les auberge PALAUD ANGEVIN et
les 2 JUMEAUX BOSSEUX et dans les

clinique JEANNE et JEANNETTE LE RET
dont on avait plus d'heures et moin de
vacance mais la depuis 5 mois on présente
des traces d'usures   et notre santé physiques
vient d'en prendre 1 coup sévère

.GHROUM

Voilà pourquoi les 5 détachés sont pressent
aujourd'hui on avait commencé à voir des
traces d'usure sur vaux 2 équipes mais le
fait qu'on vous ai imposé pendant des mois
de prendre des vitamines tous les 3 jours
c'était uniquement pour cacher le fait qu'on
vous avez mis en danger alors il y a 2
mois on vous a fait croire que les cliniques
JEANNE et JEANNETTE LE RET avais
un contrôle sanitaires et était contraint
de fermer pour procédure administrative.

GHROUM

ont a fait sa en conséquence de votre
santé la peur de vous retrouver DCD a
pris le dessus alor on a déliré pendant
1 mois mais on na pas réussir à vous tenir
éloigné des clinique JEANNE et
JEANNETTE LE RET depuis que les
p'tit diables numéro 1 et 3 ne sont plus
là et s'occupe de leurs petit enfants on
galères malgrés que les équipes

P'TIT ANGE et KART

sont arrivée pas moyen d'absorber les
flux de partient la notre dernière tentative
et aussi 1 échec. Ont a décidé aver

MUDoUME de fermer les 2 clinique
JEANNE et JEANNETTE LE RET on
né allée beaucoup trop loin on n'en
 prend conscience maintenant.

CHAPITRE 31 PROCÉDURE CESSATION D ACTIVITÉ

OUF voilà le dossiers et partie au tribuna
l on devrait être convoqué dans moin
de 25 jours en tous cas je suis content
 qu'ont ce soit rapprochés des équipes
 ANGE NOIR et ENCRENOIR.OUI mais
 on fait quoi comme activité professionnelle
 maintenant on arrête de prendre en
charges des partient aujourd'hui je vais
 mettre les annoce.OK je fonce mettre
 les pancarte et pour le personnelle la
 clinique POIREAUX les récupère tous
 comme ça pas de problème justicières
de ce côté là. DE toutes façon dont ils
 ya pas de question à se poser ils ya
que des extraterrestre qui travaille ici dont.

3 jours plus tard

OUF prés grand frère allée allon ci

8 heures plus tard.

ENFIN libéré allée allon fermé la
société pour la dernier fois.CONTENT
 qu'on soit enfin sorti de ce merdier
 j'espère que nos équipes vont comprendre
 notre décision en tous cas maintenant on
 est soulagés de tout ce bordelle allon nous
 occuper de p'tit diable numéro 2 ça fait
1 moment qu'on ne lui a pas fait d'examen

CHAPITRE 32 PLAGE DE PORT D ORANGE

GROUHM

 Pas ou sont les équipes LES 6 DIABLOTIN
 et les 4 JUMEAUX MALÉFIQUE au
 RELAIS DE L'OCÉAN depuis le temps
 que MADELEINE PALAUD me demande
 de laisser au moin 1 équipe sur place
 elle en a 2 comme ça elle va enfin arrêter
 de râler et puis ils sont grand maintenant si
 ils sont envie de faires la fête je leurs laisse
 plus de temps libre et maintenant qu'on
 a plus à gérer les cliniques JEANNE et
 JEANNETTE LE RET on reste dans nos
 locaux je pensais les transformé en ferme
 cYCLOPE bonne idée on va donc produit
 de la nourriture.Bonne idée et de toutes
 façons avec les tempête et les sécheresses
 on va devoir trouvé beaucoup plus de solution
 pareil on va pouvoir placer des fabricateur de
 billes d'algues maritime et aussie 1 souva
 briquerie afin de fabriquer des boîtes
 d'emballage à base de sucres en tous cas
 on na pleins de projet quant je pense qu'on
 aurait plus commencé ils ya 5 ans
 PAS FAUT MUDOUME LE RET mais
 on reste très prudent sur nos futurs
 investissements.

CHAPITRE 33 P TIT DIABLE NUMÉRO 2 MALADE
OU LA Allor p'tit diable numéro 2 encore
malade bon tu reste au lit toute la matinée
 pas contre pas de plage cette après-midi hein
bon je vais voir avec l'équipe ENCRENOIR ci
ils peuvent s'occuper de toi cette après-midi

composition de couverture COUDRIN

DEPOT LEGAL 04 OCTOBRE 2022